十六歳、未明の接岸

松井ひろか

目次

Ⅰ
清風　ヒアシンスハウスにて　8
あいさつ　とこしえの　12
音海に身をひたす　16
ひかり掬う麦　20
はつ恋　早稲田鶴巻町の夕日を横切る　24
ピアノレッスン　28
風色飛行　30

Ⅱ
十六歳、未明の接岸　34
吹きだまり、走光性の果て　38
閉じられた庭　42
十七歳、家出する純真　46
母を産む　48
爪　56
しろ　60

III

夜、パッサカリア　64
花と盗人　70
鈍色の街、わたしの街　76
春になれば　82
夢の誤訳をくりかえした五月を待ちあぐねて　84
十九歳、淋しさの底に鈴生りの赤い実が　86
もちろんヴォトカで　90

＊

詩人　さいごの余白　96

あとがき　102

装画　榎本マリコ
装丁　ワタナベキヨシ

夜に働くしかない。
夜を蒸溜するしかない。
夜から言葉をしぼりとるしかない。

開高健

I

清風　ヒアシンスハウスにて

よるになれば　月明りに染まるまで
あさになれば　ゆめ路をたどるまで
愛されようとするのではなく　心ゆくまで愛したいのです
風が吹くたび　あなたは息を吹きかえすのですから

十四個の飛び石を　歌うようにわたる
木戸口はキィと鳴いて開かれた
五月の光彩さしこむ
東南向きの大きなコーナー窓

そこから臨む　湖面に映るメタセコイアの青葉
五坪ほどの平屋に吹き抜ける風の小道
あるのは小さなテーブルと椅子。簡素なベッド。

水底で深深と愛し合った
十九歳の水戸部アサイに看とられ逝った立原道造。
あこがれの隠れ家《アジト》　ヒアシンスハウス
衰弱してゆく肉体の起死回生と、詩人としての夢を賭けた

女が男にできるのは
たまゆらの夢を見させること
硝子はひかりを透かし
水縹色のワンピースの裾がゆらめく
涼やかな目もとを閉じた女のプロフィルが時空に伸びた

あなたがわたしの首に巻いてくれた木綿のスカーフ
この先どんなに身悶えようと
　わたしの　永遠の男性は　あなただけ
　　もの寂しい水からくりの音
　　　はつ夏は続く――

家々に灯りがともり
テーブルの上に温かいスープがはこばれてくる
音を立てずに皿を傾ける　町はずれの若い男女

　敢えなくさざめく　わたしのみずうみ
そのとうめいな湖底で　ふたたびの夢を沈思するあなたの

小さな背中をだきしめさせて

風立つ窓辺
さおなる露草の休符

さあ　お眠り
　お眠りなさい

あいさつ　とこしえの

わたしは祝福する
　あなたの逃避行を
わたしは猜む
　あなたの見てきたもの
　　これから見るものすべてを

ボリソフ彗星
あなたは太陽系の外からやってきた

二〇一九年十二月二十八日
地球に三億キロメートルのところまで最接近し
その後　太陽系の外に飛び出して
再びは帰らない

あの晩　年の瀬の忙しさをよそに
地球はぐっすり眠っていた
わたしたちだけが起きていて
どちらからともなく軽いキスをした
（あなたの唇はひどく冷たかった）

自由でいるためには孤独を引き受けねばならないの
自由であるためには孤絶であらねばならないの
わたしは布団の海に潜って何を待っているの

窓の外へ煙草の空き箱を投げ捨てた
その放物線は　自由へのみちゆきだと言った
退屈な永遠と　戦禍の一日
　どちらかを選ぶことすらできないあなた

嫉妬してくれますか
　　わたしが太陽を愛することを

そうであるならば　とこしえに
（あなたは何から逃げているの）
そうであるならば　とこしえに
（わたしは何から逃げているの）

音海に身をひたす

スピカ耀く空の下
綿の海を見つめる
頬にあたる強風
割れた背中
透きとおる翅を乾かす
わたしは口の無い　大きな大きな蛾　アヤミハビルに成った
生来おしゃべりなわたしは
言葉を吐くことも
歌うことも　食べることもできなくなった

（夜明け前に　誰かに抱かれ　抱きしめることだ）

海が　静けさと
　　甘味を増す頃
美しい男とのあいだに　わたしはたまごを身ごもり
ビロウ樹の森に産みつけた

（夜明けとともに
　わたしたちは　はなればなれになる
　　音楽には終わりがあるように）

あくる朝の浜辺
体が動かない

耳を澄ませば
脳裏にかすむ波音
微細な残響をいだく、早春の海
白波の余韻に押し寄せられ
ひらいた骨壺から
あふれる嗤い声
波が　あぶくが
どんな遠音であるか示す自信が持てなくなった

青の粘膜に包まれて
響きすら　わたしから剥離されていくのか
もう抗えない
浜辺に打ち伏した　わたしの大きな亡き骸は
波にさらわれて沖へ

絶対に揺らがない、錆びない、
　わたしの胸のうちに鳴り渡る音が、
　　世界と共振したらよかったのに

短い生涯　長い夢を見ていたとは思わない
夢は　現実だから――

海はなおも凪いでおり
浜では鴎が鳴いている

ひかり揺う麦

——この一週間はずっと小麦畑の中にいて、
陽にさらされながらとにかく仕事をしたよ。
一八八八年六月二十一日　フィンセント・ファン・ゴッホ
弟テオへの手紙より

ゴッホの『麦畑』を観ました
降りそそぐアルルの目映い陽光
たわわに実る麦の穂
黄金に照りかがやく畑に吹き渡る爽涼の風
古びたイーゼルに立てかけたキャンバスを穿つ
ひかりの点描

フィンセント・ファン・ゴッホさん
うず巻く闇を抱えるあなたに
一点の暗がりもない日々があった
生涯のうち七日間
たしかに大地を踏んでいた
芸術家としての幸福を
あなたはきちんと味わって
畢生を全うされたのですね
（そのことが後世のひとをどんなに幸せにすることか！）

あなたが憧れたという
日出処を自称する日本で
蕭蕭たるうしろすがたのひとたちや
自分の影に慄く薬漬けのわたしが

あなたの絵に救われています

幸福とは何だ
生き抜くことしかできなかった　あなた
　　　　　　　　　　　　きっと、わたしも

小さなフレームから溢れ
背骨を透過する
たおやかで　まっすぐで　きよらかな
ひかりのさざ波

あなたにとっては光も闇も
　　眩しいまでに同義だったのですね

テーブルの上には
くたびれた画材
ささくれ立った麦藁帽子
飲み残した一杯のアブサン

はつ恋　早稲田鶴巻町の夕日を横切る

九月の女ほど細やかではなく、十一月の女ほど逞しくもない、
十月の天秤座の女のなんと暢気で典雅なことよ！
夏ほど露骨ではなく、冬ほど婉曲ではない、
腐る寸前の肉が最高に美味であるような人生の黄昏の美しさを、
十月の天秤座の女は知っている——

女性専用車両に乗る女はブスばっか！
そう言い放った　さびしさの塊だった三月生まれの牡羊座のあなたを
愛そうと決めた
僕の部屋にいても良いよ　まくらひとつ持っておいで、でも

僕のこと　好きにならないほうがいいよ
そう言い捨てた　あなたの細い首を　後ろからそっと絞めた

日付以外は全部ウソという或る新聞のように
めくれば嘘八百で固めたあなたが
生来の罪に絡め取られ
浮世からひとり一抜けた深更
生温い花散らしの雨が
化生さえ認めない

痛みを抱えながら
痛みと対峙するのを避けている
鎮痛剤が手放せないあなたは
ラスコーリニコフのように少し喋り過ぎるから

静寂が恋しい暁のとき

　（死んでいるあなたしか信用できない）

早稲田鶴巻町の古い鉄筋アパートのワンルーム
あくびの伝染するほどの距離にいても
共感することができない　わたしたち
それぞれの　叶わない愛の夢を彷徨うだけ

　（奪われた精気　破綻した現実
　　脆い自分から逃げて逃げて　転がり続ける
　　　そんな男しかわたしは愛せない）

延々と軌道をめぐる人生を

送るようにはできていない
そんな種族が地球上にある
（あなたの自然死を許さない）

夜よ　詩よ　音楽よ
三月の牡羊をすべて燃やせ
十月の天秤はその形骸を容赦なく量る
そのあっけないほどのかるみを受け止めるまで
二十年も棒に振った

わたしは奥歯を噛みしめ
夕餉の昆布を買いに自転車のペダルを踏み込んだ

ピアノレッスン

ピアノを習い始めた頃
手のかたちは　ゆで卵をつかむように丸めなさい
鍵盤は
水鳥が泳ぐように叩きなさい
そう教わった

初めてのピアノの発表会
指先から　音の粒が転がるように流れ
わたしはそのあとを必死に追いかけた
シューベルトの即興曲
長調が短調に変わる前の一瞬の沈黙
ゆで卵を握りつぶしてしまった

ピアノに命を燃やしていたキース・ジャレット*が
二度の脳卒中で演奏活動ができなくなったと知った
神様は時々　こういうことをするものなのだ

埃のかぶったピアノのふたを開ける
動かなくなった指
まるめた手のなかには
ゆで卵
ばたばたと水鳥の足さばきで送る
生活というかなしみ

*キース・ジャレット（Keith Jarrett 1945〜）は、
アメリカ合衆国のジャズ／クラシックピアニスト、作曲家。

風色飛行

むかし観た映画で*　くりくり坊主の少年が
土を食んでいた
土は食べるものじゃないと兄から言われても
少年はそれを止められない
親に捨てられた兄弟
少年は打ち克てない淋しさを
自分を痛めつけることの悦楽で紛らわす
学校の片隅で　布団の入江で
むしゃむしゃ　土を食べ続ける

少年の右手に　わたしの右手を重ねる
少年の左手に　わたしの左手を重ねる

その手いっぱい広げ
タジキスタンの大空に舞い上がる
たんぽぽの綿毛に吹き捲かれ
セピア色の強風に乗る
風色に入り混じり飛んでいこうどこへでも——

淋しさはひとと比べるものではないから
淋しいときは　淋しい　と言って良いのだよ
（こんな簡単なことがどうして言えなかったんだろう）

時だけが　きみの疵口を癒すのだと
知ったようなおとなに言われようと
澄まして振り返らず　駆け抜けていけばそれで良い
きみは今　これからも
狂おしいほどに自由だ

＊タジキスタンのバフティヤル・フドイナザーロフ監督作品
『少年、機関車に乗る』（一九九一年）

Ⅱ

十六歳、未明の接岸

朝まだき　流氷の辿り着いた岸壁で
夜の裾をしごいていたら
ベッドに縛り付けられ　痛い痛い注射をされた
昔々　大切なひとがあった気もするけれど
だれもみな　潮が引くように遠くへ行ってしまい
その顔を思い出せず　聞こえるのは
カーテン越しの隣人の歯軋り

（まだ　誰のことも赦せないんだ）

鍵のかけられた部屋
白く濁った眼を開けたまま浅い眠りを泳ぐひとたち
涸れた水瓶
舌の根に噴きかけられる　人工唾液のあぶく

マンゴーの実をひと切れ　誰かが
わたしの乾いた舌のうえに滑らせたのです
「あなたはやさしいひとですね」
そう言われたのか　わたしが言ったのか
　定まらぬ意識　たちこめる靄
鼓膜にあたる　とろける睡魔の羽音

月は欠け

星は沈む

夏木立を吹き過ぎる疾風よ、

「それでも世界は美しい」と

誰が　どの口で

うっそり吐露した　の

吹きだまり、走光性の果て

月は隠れ　夜は極まる
らせんを描きながら光源へ
冴え返る　あたまを胸に
闇を絞れば　わたしは光に曳かれる蛾
固いベッドの上で　鱗粉を撒き散らし
死んだふりをしたり
生きたふりをしたりしていた

十六年生きて　疲れ　疲れ果て
どこで　どうしてこうなってしまったのか
そのわけを
こころなんてよく分からないもののせいではなく
単にあたまが悪いからだと誰か言い切ってほしい
　誰か　誰か――

（宿直の金子さんがうたた寝している）

安蛍光灯のあかるみに二つの影
真夜の回廊に鳴りはためく　素っ頓狂な声紋

とりとめのない　ことばの魔球
弛みない晩祷のように紡がれる　昔ばなし
呂律のまわらぬ赤ら顔の老猿
小鹿のまなじりをした色白の青年
どんなに疲れ切ったこころでも
人間を無視することができなかった　わたし
――桜貝みたい
　ペンチでぱちんと割ったらどんなにか鮮やかに染まるのだろう
一言も発さない青年の、足の爪ばかり見ていた

闇が薄くなってゆくのに耐えられない
ベッドの上で細くなる呼吸
朝になれば給仕の女が

ぞんざいな手つきでわたしたち「患者」のお椀に
冷めた味噌汁を注ぐのです

湿った手のひらには
転調すら許されないボレロ
青葉若葉のさざめき
鰯のおっぱい
ペテンの失語
朝の虹

閉じられた庭　初めての箱庭療法

砂原の　ゆるやかな坂をのぼったところ
おもちゃの家を置く
古めかしい平屋　その縁側で
小太りの女がにやにやしていた
微妙にずれて引かれた口紅　大きな乳房
どんなに風呂で洗っても垢抜けぬ
純粋という不潔さ

坂の下　砂の川に沿ったところ
おもちゃの小学校を置く
怒ると靴を投げつけてくる教師
廊下を駆け回る　幼すぎるともだち
調律の行き届いていない体育館のピアノ
糸が切れたわたしは
上履きのまま川原まで駆けていった

奔流に胸を洗われる
文目もわかぬうちに
この流れに身を投げれば良かった
魔魅のせせらわらいが聞こえ始めていた
早熟でいて

育ちそこないであったわたし

砂原の風紋を蹴り上げる
おもちゃの家を窓の外に放る
おもちゃの学校に火をつける
舞い上がる砂埃
この手でひっくり返して
すべてを終わらせた
十六歳の夏

十七歳、家出する純真

生湿りの夜風が吹く　午前二時
ナイフを握りしめ家を出て往く　素足のまま

痩せ過ぎて棒になった脚
抜き過ぎて薄くなった髪
背骨に沿って痛む小豆色の大きな疱疹　たまに失禁
なにも掴めなかった　つめたい　小さな　手
彎曲した骨のせいで鼻呼吸ができず
神経はささくれ立っているのに
あたまはいつもぼんやり

ひとを傷つける言葉しか吐けない
泣きたくても
涙腺が切断されて泪ひとつこぼれない
（これでもわたしはにんげん　だろう　か）

風が止んだ

わたしの　最初で最後の
この世への復讐

紫陽花の首
を狩りに　往く

母を産む

i　歩き廻る　狂気という薄氷を履みながら

一羽の土鳩が迷い込んだ　赤羽駅の構内
初老の女性と
高校生くらいの少女が　もたれ合い
足を引きずるように歩いていた　よく見ると
それは　わたしたち親子だった
夜ごと　ふたりで歩き廻り
歩き廻って
どこにも行けなかった
わたしたちの後ろ姿だった

ii　インコの唄

働きもので　責任感が強く
家庭に収まり切らない
それがわたしのお母さん
死にたいだなんて一度も思ったことがないと言っていた
わたしとは似ても似つかない　勁いひと
いつも慌ただしく生きていて
傍にいてほしいとき　いてくれなかった
わたしは淋しさのあまり
頭髪を毟り　食べ続けた
「淋しい」とは絶対に言わなかった
インコなりのプライドがあったから

ねえ、お母さん
　この淋しさは　いつ
　　　　　　　降り止むの

揚げひばりが天空に昇ってゆきます
ああ　どうしてわたしにはそれができないのでしょう
翼はあるというのに！

iii　揺れた　飛んだ　壊れた　哭いた

赤羽の銀座アスターでBランチを食べるのが楽しみだったの　Bランチって
いうのは麻婆豆腐定食のこと　中学を卒業してから近所の工場の経理を任さ

れた　休みには有楽町まで映画三本立てを観に行ってたよ　美容師になろうと思ったのが三十歳のとき　代々木の美容専門学校が秋学期の生徒を初めて募集するっていうのを新聞で見てね　秋学期は春学期の生徒たちと違ってワケありげなひとが多くて居心地が良かった　先生も良い人ばかりでね、歳のいってるわたしでも入りやすいお店を紹介してくれたんだよ　でもね、働いてみたら　ひとのあたまいじくるの好きじゃないんだって気づいちゃったんだな　パパと結婚したのが三十九歳のとき　パパがわたしを救ってくれたんだよ　ひろかさんを産んだのが四十歳　さやかさんを産んだのが四十二歳　ふたりとも帝王切開　お金はなかったけれど不安はなかった　自分が働けば何とかなると思ってたから　日通のペリカン便で紅一点宅配の仕事を始めたのが四十九歳のとき　勤め始めた頃　車のドアに鍵をかけずに配達にでかけたら　リンゴ箱を盗まれちゃってね　それが最大の失敗　車の運転には自信がある　小さな街を　地球三周半するほど走ったけれど、一度も事故を起こさなかった　あの頃が一番楽しかったなあ病院嫌いで健康診断を受けず　缶コーヒーとカップラーメンが大好きだったあなた　たまの休みにはどんなB級映画も夢中で観ていた　本を読むのは好きじゃないけれど有吉佐和子の小説だけは全部読んでいた　なぜ有吉佐和子のは読むの？　と聞いたら、面白いからだよと言った　有吉佐和子の皇女和宮の替え玉説を本気で信じていた。二〇一一年の春　揺れたのは東北地方だけでなかった　あなたの心臓に澱んだ血の塊が脳に飛んで三か月の入院。家に帰ってくると、歯磨き粉の付いた歯ブラシで髪を梳かし、テレビのリモコンを洗濯機で洗い、百日紅の花を見ては「オホシサマ」とつぶやいた　けれどわたしの母であることを覚えていたあなた　大きな笑顔もそのままだった　そのことが、わたしは悲しかった

iv　母を産む

まだ誰も起きてこない
夜明けの台所で
湯を沸かしているあいだが好き
水の角がとれて
まあるく　あまくなるまで
　待ちわびているものはまだ見えない
　ひかりがうっすら滲む
　　そっと眼を閉じる

お母さん、
わたしが娘でしあわせでしたか

チャンスを与えてくれたのに
学校にも行かず　きちんと就職もせず　結婚もせず
自分をもてあまして生きている
こんなわたしでしあわせでしたか

汚れた内臓を雪ぐように
その滋味を全身にめぐり渡らせるように
白湯をすする

　ふと腹部が疼く
わたしの小さな子宮で育っているのは
　あなただったのですね
　　いつか別れを告げる日に
「あなた」を産み落とす覚悟はできている

薬缶の口から細い湯気が立ちのぼる

あなたのおかげで
　生きてゆくかなしみのかわりに
　不凍港のこころを手に入れました

お母さん、
わたしが娘でしあわせでしたか

爪

薄日差す水際
木綿の寝巻を着た母の
皺と血管の寄った　大きな手

爪が伸びていた
少し爪を切り　やすりで削って
ついでに　無色透明なベースコートを
小鳥に餌付けするように塗ってあげた
ぴかぴかの爪
母は満足そうに　幼子のまなざしで自分の爪を見つめた

母の　脳の断層画像を見たことがある
右大脳の大部分が黒くなっていて
黒いのは壊死しているところですと言われた

　それでも
　爪は伸びる

淡々と
健やかに
変わらぬ速さで伸びる
それは　この世界に爪痕を残すためか
それは　幸を握りしめ　不幸を握りつぶすためか

（そんなにはやくいかないでほしい）
（わたしをおいていかないでほしい）

爪は伸びる
変わらぬ速さで今このときも

その速さこそ
　ともしびだった
　　なぐさめだった
わたしの　こいねがうもの　そのものだった

しろ

引っ越しの日の朝
飼い犬を荒川の土手に棄てた
わたしの一歳の誕生日に父がもらってきた柴犬
錆びた鎖を外し
ひび割れた革の首輪も外した
どこへ行ってもいいよ
さあ　早く行きなよ　もう自由だよ　ほら
犬は一瞬わたしを見やったあと
葦原のほうへ駆けて行った

十日後
前の家の大家さんから電話が入った
庭に　犬がいるのですが……
馳せつけたわたしの顔を見るなり
尻尾を振って躍り上がり　とびついてきた犬
わたしの苦しかったときを全部知っている犬
だから棄てた
でも棄て切れなかった
わたしを見棄てなかった　犬

鎖を外され　首輪を外されても
寄り添ってくる犬とともに
クローバー畑を踏みしめる

虚空の画布に熨される
わたしたちの影

III

夜、パッサカリア

あゆみを止めてはならない
　遅々としたテンポであろうと――

つがいの冬林檎とすれちがった
ノーヴィ・アルバート通り
肌を刺すモスクワの夜
鼻孔をくすぐる夜間飛行の薫り

……こな　雪が、　降りはじめた

（空から降ってくるものを
　拒絶する術を知らなかった）

こころ残りも
恐怖心もなく
雪を蹴る音だけを響かせながら
ひたすら踏みしめてゆく
未知の通りへ

樅の木の下
真白き蛾に羽化した、わたし
ツルコケモモのジュースで喉をうるおし
祈りの灯りに吸い寄せられ
美しいひとに　こころかどわかされた
だれもが現実をまえに口をつぐみ　眼をつむる
圧縮した熱情を抱え

なまぬるい抒情を許さないこの街
痛々しくも削がれる感性
血潮を末端まで滾らせ
まっさらな雪に突っ伏し　耳を澄ます

オアシスの道から雪と氷の街へ
　一頭のひとこぶ駱駝が
サーカス小屋のお客と団員に囲まれ
　　古里を滲ませる　伏し目がちな瞳

地下へ降りる階段の踊り場
　まるくなり　厚いまなぶたを閉じ
耳をそばだてて眠る大きな野良犬

言葉を与えられなかった詩人の一生

ひとのまばらな地下鉄の車両
　両足を失くした傷痍軍人が襤褸をまとい
車の付いた板切れに乗りゆっくり
　ゆっくり滑らせてゆく　割れた黒い爪

何年もそこに根差していたのだ
橋のたもとに佇む　花売りの老婆
幅広の肩と　頬に刻まれた深い皺　長い睫毛に積もる雪
寒さを　寒さともいとわない忍耐の果て
そんなに　何を背負っているの
そんなに　何を諦めてきたの

ルーブル硬貨を数枚　手渡して
萎れかけた小菊の命根を胸に
白昼　買い求めたマトリョーシカの末っ子は
掌からこぼれて行方不明のまま

雪は　いつまで降り続けるのだろう

ひとりでは眠れない
眠れないの

真白き翅に付いた眼で瞠る

濡羽色の目映い街　モスクワ
──わたしを知りませんか──
夜の扉をたずねあるく

＊パッサカリア（伊語：Passacaglia　露語：Пассакáлия）はバロック音楽の一形式。西語のPasear（散歩する）とcalle（通り）に由来する舞曲。

花と盗人

あらゆる悪人が詩人であるからといって、
あらゆる詩人が、悪人であるとはきまっていない。
花田清輝

i　花と良心

いちにちのおわり
駅まえの花屋で　薔薇を一本　買いもとめる
痛みを知らない　すうと伸びた手は
焼きたてのパン

ながいながいみちのりを
だれかとぶつかり　おしあい　へしあいしながら

きょうも歩いてかえります
手のなかには
薔薇を一本あがなうだけのおかねしかありません

二十代　ぴんくの薔薇を
三十代　真紅の薔薇を
四十代　宙《そら》いろの薔薇を
あらゆる色彩は　ひろやかな湖面に零され
やがて胸底へ
散り際　漆黒の薔薇を――罪の刻まれた手に

一本の薔薇を買いつづける
掌には
それだけのおかねが残れば

それでいい

ii　魔

いちねんのおわり
わたしの心臓は　さざめき高鳴った
ひび割れたくちびるを舐める
感応を呼び覚ます　鮮血の眩さと滋味
上気した頬　それは若気
黄みの差したあかるい紅色
かすかな甘い香り
可憐な一重まぶた
もう抑えられない

レンガ屋敷の生垣に咲く
女優ロミー・シュナイダーに捧げられた
「鶏のしっぽ」という名の蔓薔薇の花をむしり
すかさず胸の奥へ

夜宵
心中に蔓薔薇の芽が吹き　生い茂り
蔓はどこまでものびて　躰に巻きついてきた
わたしは哭いた
わたしは嗤った
薔薇のはなびらをちぎり
口に放りこみ　そしゃくし
赤い涎を垂らした

悩ましいほど　美しいものに翻弄される
くまなく探り　のぞきこむ
世界はたわいなく屈折し　底光りしはじめる
他人に審判をくだされる　それだけは許さない

怖れてはいけない——囚われることを
怖れてはいけない——愛に満ちた肺腑をふいにすることを

たおやかな胸に棘を生やし
生涯を　花泥棒として生きていくほかない
まちかどを曲がる

鈍色の街、わたしの街

西川口　夕まぐれの痛切
　あえかなる光線
多彩な肌色と肌色とが
　重ねられ　混ざり合う
　　猥雑なネオンの街

赤いバンダナを頭に巻いて
十八歳の半年を勤めた　駅前のパチンコ店

お客たちに飲み物を提供する
　それがわたしの仕事

一杯のコーヒーに溶ける　胸焼けするほどの砂糖とミルク
国境に関わりない慢性の淋しさに
打ちひしがれる愛
喧噪のなかの孤独に浸り
血の通う人間であろうとすればするほど
賭けごとに身をまかせ
依存せずには生きられない
傷つけ　傷つけられつづける
人間のか弱さ　滑稽な日常
哀しみのにじむ笑みをたたえ
暗闇のなかでしか息ができない

そんなひとたちが吹き寄せられる街
それがわたしのふるさと

右手でパチンコのハンドルを握り　左手でゆりかごを揺らす異国の女たち
煙草の脂《やに》のにおい　それはわたしのアロマ
パチンコの電子音　大音量のＢＧＭ　それはわたしの子守唄

コーヒーをデキャンタに落としていると
浅黒い肌のおかっぱあたま　大きな瞳の少女が現れた
泥で汚れた体操着
膝には絆創膏
ケイコね　西川口幼稚園行ってんの
お母さん　二階でお魚釣ってんの

あけっぴろげな少女に
　ちょっと待ってな　オレンジジュース飲むかい
少女はうなずいて
コップに半分注いだジュースを飲んだ
ごくごく動く喉　活きの良い　かわいい生命

　コーヒーはいかがですかあ
　コーヒーはいかがですかあ
わたしの真似をしながら　ついてくる少女
『海物語』の台の前で　少女の　フィリピン人らしき母親が
どうもすみませんとあいさつして　ホットコーヒーを一杯買ってくれた

　午後十時の店じまい　近所の両替所
窓口から差し出される皺の寄った手　ボールペンの束を渡す

今日はよくがんばったね　ごくろうさん
両手のひらで受け取る　むきだしの　やさしさと現金

外に出ると　店の前
日本人らしきお父さんにおぶわれ
お母さんの手を握った　眠そうなケイコがいた
マフラーに顔をうずめ
見なかったふりをすると
きれいな包帯がたなびいて
流れる星を止血する
見上げれば　鈍色の空
愛がよぎる

春になれば

——暖かくなると出てくるんだよ
そう母に言われて耳を澄ました
聞こえる　聞こえる
改造されたバイクの爆音が
浴室の窓を少しだけ開けて外を見る
来るぞ　来るぞ
眼を血走らせた　一九八八年の暴走族が
咲き初める季節が
湯船のなかの
母の豊かなおっぱい
妹の白玉のおしり
わたしのつるつるの恥丘

親子三人
春の到来を
窓の隙間からすっぱだかで覗いていた
ゆけぶりに包まれ
お湯を弾く肌
新芽が角《つの》ぐむように
萌出る暴走族
すごいね　すごいね
若気にあふれていて笑えてくる
肩まで浸かったら百秒数えようね
どこへ走って行くんだろうね
狂い咲き
荒くれの

夢の誤訳をくりかえした五月を待ちあぐねて

春を信じよう
ほころんでゆく　薔薇のつぼみ
ひらかれてゆく　おのずから
感受性が膨張するのを止められない

裸足でふみしだく　濡れそぼる野原のぬくみ

極寒のモスクワでわたしは
若草を食む小鹿になり
弾けた実を啄む椋鳥になり

眠りから醒めた熊になった
　こそばゆい早春の土踏まず
　　弱起ではじまった命脈を必死に揺すぶっているの

春を信じよう
雪どけの水流に身をまかせ
息を吸うように信じ
裏切られてもまた信じ
周りから愚かだと言われてもまだ
あなたを信じよう

白樺林の年輪が緩む
春のはじまりの日

十九歳、淋しさの底に鈴生りの赤い実が

夜籠り　氷晶きらめく眼界
凛冽たる空気を吸いこみ　絞られた気管支
誰も知るひとのいない街
メッヅォソプラノの声音で
わたしの名を呼ぶ雪娘
寒さで腫れた手に　息を吹きかけてくれた
安心したわたしは　ベンチにうすく積もった雪をはらい
国立図書館のドストエフスキー像の下で
特濃牛乳のアイスクリームを舐めた

モスクワ――
淋しさの底を知っているひとにしか
あなたはこころ解かない
何かを　忘れたいがため
ひとり　はるばるやって来た
雪と氷の粒子にまじり　消え入り始めていたわたしを
舌から胃袋につたうあまやかな冷たさが
現世につなぎとめる

わたしを独りにしなかったあなたの
夢を拒絶する冷気と
　夢を持たなければ生きていけぬ冷気とを
　　まぶたの皮膚に憶える

――ふるえながら
　でも　生きているんだよ……

淋しさすら凍てつくこの街で
わたしの火照るてのひらには
あふれるほどのナナカマドの赤い実が――

どうしてか泪が止まらなかった　あの日
仰ぎ見たのは　脳天突き抜くほどあざやかな　モスクワの青空
思わず太陽の方へふり向けば
絞首台より潔く人生は底抜けて

あとは飛ぶほかなかった

もちろんヴォトカで
——その街にいるあいだ、雪は止まなかった

——ヴォトカを一気に飲み干したら
間髪入れず何かを食べなさい
苔の匂いがする白身魚のフライ
ぶつ切りにされた胡瓜とトマトの断面
キャベツの出汁がきいたスープ
熱い胃の腑に家庭料理をかき込む

ロシア　モスクワ州の古都セルギエフ・パッサート
マトリョーシカ職人のマリーナさんの家で

茶色の眼に　黒髪　身長はわたしと同じくらいの
マリーナさんには大学生の娘さんと、徴兵間近の息子さんがいる
パスポートを見せ合うと　なんと誕生日が同じ
お父さん、ヴォトカ持ってきて！
その晩、わたしたちは何度乾杯し合っただろう

頬を紅く染めたマリーナさんに聞かれた
タルコフスキーの映画では何が一番好き？
迷わず『鏡』と答えると　彼女も同じだと言った
たったそれだけで　女同士　通じ合えた気がして笑った
その作品を観て　女は　たやすく　変貌を遂げ

言語を　国境を　時空を超えられる生きもの　そう思った
　　激痛を伴うことすらまだ知らずに——

酔いが回りはじめて
　結婚はまだなの？　赤ちゃんは早く産んだほうがいい
　　誰か良い人いないの？　何ごとも自分から行かないと！
わたしは困ってヴォトカをちびりちびり舐めた
お母さんとご主人は
　先に失礼するよと部屋に帰ってしまった
食べ過ぎと飲み過ぎとで倒れると
良いお客が来たと笑われた
　明日のことなんて考えられないよ
　　ニチボー　ニチボー
　　　（なんとか　なる　さ……）

翌朝　お母さんが台所で
行方知れずのひとを探すテレビ番組を観ながら涙ぐんでいた
わたしがこの街で見かけたものは
教会に置き去りにされた仔猫　その
　　　　　　　　　　　　　　　うるんだ水色の瞳
お母さんは　ターク
　　　　　　　タークと呟いて立ち上がりお皿を洗い始めた

帰り支度をしていると
帰る場所があることに気付く
マリーナさんが大きくキリル文字で書いてくれた
バスターミナルの名前のメモを握りしめる

明日を生き抜くための強かさが欲しい
　ニチボー　ニチボー
　　　　（大丈夫　心配いらないわ……）

――ワインとヴォトカ、どちらにする？
　　もちろんヴォトカで！
唐突な問いかけに　あの夜　つい陽気になってそう答えると
きつく抱きしめられた
一生楽しく生きていけば良いのだ
それで良かったのだ　それで

胸いっぱいに降り積もった粉雪
泡立つ光が雪上を奔る

誰か憶えていませんか
恐れを知らない　若さと勇気に満ちた　わたしの瞳の輝きを

モスクワ中心部へ向かう街道
一杯のヴォトカを飲み干せば
明日を生きてゆける気がしてひとり笑った
雪と埃で汚れた窓に差す光芒
バスに揺られ
かるく眼をつむる

詩人　さいごの余白
長谷川龍生先生の思い出に

大地はなぜふかふかとやわらかいの
空はなぜ低いの
眩しい秋のはじまりは眼に沁みる
朝露で僕の乾いた舌を濡らしておくれ

顎で風を切る
からだの自由が利かない老いた詩人が

——二度と生まれ変わらないよ
　これでおしまい

誰も彼もどうして僕にやさしいの
眼をこすると世の中はきらめき
明るみに包まれるけれど
鳥のさえずりさえしない
静かな　静かな朝

詩と生きてきた
詩とは何か
生きるとは何か
それは
機能《はたらき》
果ては――変化
果ては――歴史をつくること

僕はもう飛べない
噛みつくこともできない
昼も夜も眠気が襲う
ナルコレプシーの温和な虎だ

眼をつむると
なつかしいひとが現れる
ある民俗学者が僕に詰問したんだ
おい　おまえは死んだらどこへ還るんだい
　そういうあなたはどこへ還るんですか
俺はな、
　ウブスナの敷かれた産小屋さ

僕は、
安曇野に流れる清らかな川のほとりへ行きたい
そうしたら、
自分の詩集の中へ還るんだ

とろみのついた白湯が喉もとを過ぎると
いちにちがlargoのテンポではじまる
明け渡り
一条の風に吹かれ
詩人の洗濯物に照り映える
天道虫の背中

あとがき

十六歳の夏を、私は埼玉県北部にある古い精神病院の一室で過ごしました。心身ともに疲れ切り、学校に通えなくなり、一向に良くならない状況をどうにかするために自分で選んだ道でした。両親は私が病気であることを決して認めませんでしたが、私の左側頭部とえりあしには髪の毛がほとんど残っていませんでした。重度の強迫性障害と不眠により、うつ状態になっていました。私は母を「なんでわたしを産んだのだ」と言ってはいけない言葉で責め立てました。母は泣き崩れました。

私の心の救いは文学作品（とりわけ十九世紀のロシア文学と日本の戦後詩、そして太宰治）を読むことでした。体調が快方に向かうと、私は詩を書くようになり、詩人の長谷川龍生先生とめぐり合い、お骨を拾わせて頂くその時まで十六年、多くのことを教えていただきました。先生は私の人生に、朗らかさと潔さを与えてくださいました。

私は、詩を追求することで自分を見つめ、外の世界に（まずロシアに五回ほど）飛び出し、生きてゆくことを徐々に肯定し始めました。詩にはそのような力があると信じているのです。十六歳の自分をやっと抱きしめることができたのも、詩を書き続けてきたからだと思っています。No Time To Die. これからも旅をし、作品を書きたい、それがわたしのささやかな希みです。

この詩集を編むにあたり、親身に接してくださった詩人のこたきこなみさん、装画を描き下ろしてくださった榎本マリコさん、装丁を担当してくれたワタナベキヨシさん、七月堂の知念明子さんに御礼を申し上げます。また、コロナ禍でもメーリングリストなどを通じて詩を語り合えている友人たちにも感謝しています。

二〇二一年　風待月　　松井ひろか

松井ひろか（本名：松井裕香　読み同じ）
1983年10月15日　埼玉県川口市生まれ

第一詩集『若い戦果』
（2012年　土曜美術社出版販売）
第二詩集『デラ・ロッビア・ブルーの屋根』
（2017年　モノクローム・プロジェクト）

日本現代詩人会会員

十六歳、未明の接岸

二〇二一年九月二五日　発行

著　者　松井ひろか
発行者　知念　明子
発行所　七　月　堂
〒一五六－〇〇四三　東京都世田谷区松原二－二六－六
電話　〇三－三三二五－五七一七
FAX　〇三－三三二五－五七三一

印　刷　タイヨー美術印刷
製　本　あいずみ製本

乱丁本・落丁本はお取り替えいたします。

ISBN 978-4-87944-465-3 C0092